新时代诗库

蓝　光

王学芯　著

中国言实出版社

图书在版编目(CIP)数据

蓝光 / 王学芯著 . —— 北京：中国言实出版社，
2022.6
　ISBN 978-7-5171-4226-3

　Ⅰ.①蓝… Ⅱ.①王… Ⅲ.①诗集－中国－当代
Ⅳ.①I227

中国版本图书馆 CIP 数据核字（2022）第 111646 号

蓝光

责任编辑：史会美
责任校对：王建玲

出版发行：中国言实出版社
　　　　　地　　址：北京市朝阳区北苑路180号加利大厦5号楼105室
　　　　　邮　　编：100101
　　　　　编辑部：北京市海淀区花园路6号院B座6层
　　　　　邮　　编：100088
　　　　　电　　话：010-64924853（总编室）　010-64924716（发行部）
　　　　　网　　址：www.zgyscbs.cn　电子邮箱：zgyscbs@263.net

经　　销：新华书店
印　　刷：徐州绪权印刷有限公司
版　　次：2022年7月第1版　　2022年7月第1次印刷
规　　格：880毫米×1230毫米　1/32　7.125印张
字　　数：100千字

定　　价：58.00元
书　　号：ISBN 978-7-5171-4226-3

《新时代诗库》编委会

王学芯，中国作家协会会员。出版有《双唇》《偶然的美丽》《可以失去的虚光》《迁变》《老人院》等作品，部分诗歌被译介到国外。曾获《萌芽》《十月》《诗歌月刊》《中国作家》《扬子江诗刊》《诗选刊》《现代青年》等年度诗人奖、2019 年"名人堂·年度十大诗人"奖、江苏省紫金山文学奖、第五届中国长诗奖、中国诗歌网"十佳诗集"奖等。

Wang Xuexin, the member of the China Writers Association.He has created the collection of poems such as *Lips, Casual Beauty, Tumultuous, Change, The Home for the Aged*, etc, some of which have been translated into various languages. He has won the Poet of the Year Award of MengYa, October, Poetry Monthly, Chinese Writers, The Yangtze River Poetry Journal, Journal of Selected Poems and Modern Youth. he has also won the Award of Hall of Fame Top 10 Poets in 2019, the Award of Zijin Mountain Literature, the 5th China Long Poetry Award and the "Top 10 Poetry Collections" of Chinese Poetry Network Award, etc.

目　录

CONTENTS

新工业概念

这蔚蓝的天空下

蒸汽电气信息时代磨亮一片花瓣

物质得以改变　长三角上了百层楼梯

繁荣或透视　几个专用场合短语

勾勒出新工业新的交叉光线

石墨烯　人工智能　量子通信　基因工程

如同几滴明亮的水珠

在一张没有边沿的桌上滑动

并在靠窗的地方移向东方

使肘腕边的世界　图像和集群线条

从临近一切的网络里长出更高一层梯级

走上青天

进入彩虹房间

触及一颗神秘跳动的心脏

感到就是这么一个瞬间

黑色头发的江水开始了一股浪潮涌动

急促一闪的浪尖或涛声

仿佛都在齐口说出有关新材料的语言

一束月光下的花枝

正在枝梢爆散星星　螺旋出

移动着

摆动着

引导着的波环

使突出的远眺和美好

有了一种很近的轮廓

蓝调时光

在本地

开发区是鸽子　高新区是蜜蜂

衔带产业和酿制科技的蜜

特征出色　熠熠生辉的企业放大空间

表格填写的产品目录

五颜六色的名称更是一种专利

蓝调时光

复合这一区域一碧万顷的波浪

光点　心脏　金子　转动的精密微轴

看上去都是手指上一只绿环　在变成

地球仪或边际的太空

感到盯住看的地方　不是吸纳

而是前往

是针线穿过针孔的准确无误　以及

敬畏　连着敬畏那一瞬间的从容

鸽子汇入世界的天空　蜜蜂没有一只平凡

飞翔的翅膀　几万只翅膀

都是一个圆周

回旋在清晰如刀的光芒之中

漂亮的树　漂亮的万物花朵

一大群

蓝色叶子和蕊苑

似乎完美排列　在一步一步习惯

归类的上升和蜂鸣

两千二百二十一句耳语

我一直幻想

用根缆绳将太空和地面连接起来

把火星月球一切卫星变成有线风筝

牵着它　穿过云雀的全景

带回那里的一根草　一枚果核　一丝风声

让树木和小径　在地球的城市里

靠近一座阳光明媚的房子

我的手指

朝向八千公里的天穹伸了出去

如同一种合成的新材料闪动蓝色微光

在打开寒冷星群的大门时

迅速涌出自然的力量和资源

景象令人激动　躯体成为飞翔的化身

紧跟着的进入或系列操作

手指粘上一粒陨石的沙子　立即出现了

两千二百二十一句耳语

使太多的过去和悠悠岁月

在风筝的翅膀上

有了花瓣的印戳

现在　我的一道目光

是我整个思维的一种运动

更是一根金属缆线连续的更高秩序

记录着我

两次找到的土地

云工厂

飘过空间

云朵系在工厂棚顶　比布幔丝滑

绵延进内部一切看得见的链接体系

完成纤细云丝一样的流程

在那里

工装　上了光电蓝色

键盘线化出制造业的节奏

纹理之间的尺寸精度及编程的动态

发展了特征

如同隐隐呈现　清晰晰的一片树叶

完美茎脉　从第三次工业革命的宽阔点上

移向第四次工业革命的核心位置

仿佛说明

云上云下的工厂

正是现代人视觉怒放的第五部分

或是一个又一个特写镜头里的脸和洁白牙齿

使微笑和一杯青翠的水

在电脑桌边持续出现银光波纹
而这
或许就是我
以及所有人
一直看着的透亮天空

蓝图

到了互联网深处

量子网络就是世界一道门槛

映入蓝图　像在往更好的方向飞去

想到恬适的退休生活　踏上携程旅途

或疾病的人　躺在 X 射线的 CT 床上

不用再担心黄黑色的电离辐射

知道早期阿尔茨海默症如何揉压神经

怎样榨取大脑的活力和眼珠的灵动

使微波的断层成像

勾画出强有力肌体的癌变细胞

或在更老的时候　驾驶不动车了

坐在自动方向盘前滑行　找到

不差毫厘的泊位

还有喝的水　转身呼吸的户外空气

急待验证的食品包装袋

以及更多经济和国防的夙愿

这些　我知道我们与量子网络绑在一起

梦的纯度正出现地球新发现的一切

并在我的区域或附近

迅速构置出一棵树的扩充状态

让星星的眼睛伸出叶簇

亮烁烁地　穿过

空间

和

空隙

互联网

互联网放在生活首位

透亮的钟状云和蝴蝶

每一棵树与每一寸发芽的天空　有着

互联关系　繁茂枝叶上的光点

外在的或内在的千变万化　一种迅捷

日复一日灵巧起来　觉得

我的过去老了

而年轻的现在光彩夺目

像在一座云工厂里诞生一样

有着许多躯体和交流　在抵达

互联网中那物联的最高境界

使不分昼夜的姿势或翅膀　如鸟

在共享的天空重新确认了身份

由此　我的形象　呼吸　思想

在抬起面孔的瞬间

升到高度聪慧　严肃　坦城的云端

打开的一百万扇天窗

楼房越过山脉　田野闪出巨大的光芒

一如我的手指　划过透亮的

钟状云和蝴蝶屏面

在网络的繁茂枝叶里

步行

空中

足迹

物联网小镇

在吴越的古老土地上诞生

鸿山小镇筑起物联网的巢

看不到的流转波纹

形成秒针回旋

每一个分割都在互联

每一个互联都在意会

传送和网络　集成最简单的术语

数据被潮流引导　被

意识融合

缝隙中的资源和孤独

在一个发光的键盘上进入空气

如同公共大道

沟通毛细血管一样的小径

越过篱笆和壕沟的万物相连

市场如同一个云池出现

蓝光

微笑曲线
把一个典型的江南集镇
变成世界的城市模块

鸿山的辽阔飘起云彩
一大片柔和的光或树叶过来
使日子和事物
在依存中轻盈上升

屏面视野

屏面里猛烈的山峰

耸立在手边　在燃烧静静的火焰

更多光芒　照在选择的位置上

坐定　风就

停息下来

同我一样的几只松鼠　在松香的树下

分享一个日出

加热自己

山脊上的光充满了气息

感染着强壮的森林　如同一头卧狮

渐渐直起身子　金黄的浓密毛发

一扫几百年的阴霾

开始了年轻的钟表

新的钟点

现实和无线网里的世界都是真的

信号增强　打开的视野和精华

场景变得更有意义

天空在山顶之上开阔起来

山峦紧随其后

温暖的效果

一键回音　推移着

不绝的新鲜空气

内部源

我轻盈的身体

进入锃亮的工业内部　一只手

光把微电子和集成电路的芯片缓缓拿起

放在一种速度与互联网链接的景象里

看到许多面金属的镜子

自己的形象

有了几分精致

软件如同大脑里的神经

产品寻找的许诺或更新换代的周期

所有尺寸

攥了攥激发的兴趣　适合每毫米感觉

恰好升起的光点像凤凰羽毛一样曼丽　绣在

晶圆的云朵上

精确到一片树叶的茎脉

使看到的或窗户里的树丛

绒状的鸟多了些斑斓的羽毛

带出枝梢灵动的姿态

这种重大变化　继续变化　视觉连续怒放

工业和生活的两种或多种之间的联系

状态　心灵　思维

初始经历的现在　环形园区

仿佛流畅的空气

都在围绕简捷的节奏

在加宽

领域的边际

开发区

时光加速

开发区一键快进　包含

制成图表的目标和数字步伐

日语韩语英语阿拉伯语和蓝调的巴黎香水

桌面上的国际资本　进口出口　一杯咖啡

从杯沿上闪出硅片晶片的光来

拉伸的塑性金属　像想象的肌肉那样柔韧

液压和气动的关节格外自如

芯片成为世上最优秀的大脑

接合着产品走廊

一步步　引向这里的草地

台阶

蝴蝶

植物的轮廓

天竺葵　栀子花　或梳理日光月色的柳枝

排列出行列　呈现出城市和一片傍山的湖水

高楼如同艘艘长方形的船只

相连远方和所有航线港口

仿佛碧水蓝天　眼睛和友好的星星

都在开发区这个微型星球上

观看脸上的世界

用汉语

翻译和交流

覆盖各色的秀发

元宇宙

这么一个时候　虚拟的人间万物

出现　我们以虚拟的现实身份　进入

任意假设的场景　喝那里的水　说那里的话

在那数字物品中列举每一件事并转身

带出的时间和空间

满足没有任何延时的幻想

链接着动作敏捷的社会系统智能系统

从镜像一样的清晰世界中

取出超越宇宙的东西　深度融合

定义的事物回声　以及

经济增强的吸收力

使所有流动的内容通过我们的耳机

目镜变成自己想象的躯体

在一种沉浸　一种体验　一种放松中

群集起更多联结的互联网平台

5G 朝向 6G 旋转

区块链突破光线穿行　所呈现的一切

我们仿佛不在一座城市
仿佛在浩瀚天际的一朵云上　繁星的光芒之间
觉得触碰到的　或说出的景象
都是金色的效率和互动
而我们新得
似乎没有一点影子

区块链

区块链来了

像树木在摊开一簇簇枝叶

喜鹊飞上飞下　相间着黑白的羽毛

收集着世界上确切的事物　筑起诚信的巢

全部轮廓或所有自传的信息领域

留下不可抹去的痕迹

出现的存储空间

数据　密码和互联网的编程系统

以成熟的进步直至社会的透明

回到信任的朴实

就像一串念珠

滑过各种颜色和各种角度

指向一个由词构成的权属

真实的唯一性

使实时记录在经济浓密的繁茂中

靠约束的盟誓延长彼此的相遇或行为方式

细节增加的分量

回旋出明朗的底线形状

监管起一切智力和心力的合作

似乎一座喜鹊的城市　聚在一起的天下

拍击而起的光波在树丛中

正引导着飞翔

流动的姿态和激发的美　繁荣的旋律

超越了环绕的网

在重新纯化　贯穿

一个连续的剧变

通道

转向内

工业的激情柔化事物本质

各种形态的光　线形的反射光芒

被我的方式凝视　贴近　把握和叙述

变得熟悉

变得陌生

规则的秩序　证明反哺的规律

尺寸精细到指纹的感觉

突然改变的时间　一种产品扩展出一个集团

大脑吸收的知识系统

增加的信息　填满整个空间

使心灵的日常生活和便捷　丰富的联想

加深了见解　前景　背景与繁忙的相互贯通

形体行为　连续不断的一系列进步

记录下新的产业标准

连接起一切前所未有的开始

似乎流水线的最快速度　在推动自己前进

在为今天的明天及以后

移动世界一片土地

而这一刻　闪耀的色彩与光

照亮彼此出现的身体和脸　在机灵地

沟通姿态

觉得我思考和延伸的通道

正在不偏不倚的内部

记忆

每一次呼出之气

每一次吸入之息

硅

发现硅的定义

提炼和精炼　石灰岩的砂　冷凝

熔密度　蓝色调　一种绝对的金属元素

电负性　传递率　稳定态

主导的世界

这种纯净物结成优良的陶瓷和玻璃纤维

在激光的通路里无数次反射而向前输送

进入光纤通信　航天航空　电子电气

建筑　运输　化工　纺织

食品　轻工　医疗

加深最清晰的叙述　说出任何答案一样的事实

使我们无时不刻的存在听到或看到

世界的召唤

许多眼皮底下不知不觉的事物　彼此闪转腾挪

穿过每个边界　形成新的结晶场应

似乎增强的效果

总在超越心所寻找的幻想

在融合大地天空

延伸的一切

数字经济

我脑海里的数字经济

从树干跳到树枝　又从树枝

跟着树干一根根移动　氛围越来越浓和匀称

每片新绿的叶子　覆盖一处粉红色的鸟鸣

静静地被嘴　耳朵　眼睛和鼻子吸收

被互联着的形态催生出系统

感到我在树下

行走自如

显得机灵

更像转达一种思想　或说一种特征

做一次不可估量的深入

在指尖上　心脏上

在美好的偶然与必然之间

触碰了有规律的　同一时候的同一光线

以及同一现实

每个人不同的环境

树隙闪烁着清晰的各种几何图形

心理反应　行为习惯和信息的地区界限

快捷或极高的渗透功能

直接步入

增值指数

似乎我的任何一瞧　走上的路程

都在整洁的城市穿过内部关系的世界

在加入进去　糅合

交织的沟通

蓝光

锃亮的光

从发动机的叶片上站立起来

如同洁纯的早晨　增强空间亮度

撩动起涡旋的光芒

放大的形状或已了解的一切动态

速度发出一种长笛般的声音

进入非凡太空

宽度　长度　密度　弧度　弯度

直径　尺寸　张力　喷涂　连接

锻造　铸造　塑造

偏距　差值

持久的心灵历练　品质擦亮全部感觉

所有推动的定位变成一种遽速

穿过天空卷起的风云

使多重复杂性　或像战役一样的细节工艺

脱离沉沉的心思　替代了

境界和炽热的胸腔

并在武装好自己的层面上　重拾起

物质的神圣

精神的平静和耐心

以及瞬间又不是瞬间的

百感交集

抬高了

仰着的脸

工业中心

工业中心

在机械　微电子和数字的规则里

产品与纯洁蕴含蔚蓝色天际的光辉

似乎属于每一个人　属于双手之间的生活

伫立或走动　观看炫目的窗户玻璃

觉得高过宏大厂房的闪耀标识

特别飞扬

旋转起了灵魂

物质趋势升腾延伸　财富走上柔软的梯子

智能在预言的大道上一路探索

触及每时每刻格局　环境

按键的手指

过程像在把一片丛草的地方

变成一天重过一天的金币和钻石

使产业和门类环绕的每一条自动生产线

领悟透电脑的所有细致表达　形成

超越数学和实验性的现代系统

感到紧身的工作服

宽绰的利润

或想象的薪酬　都在现实与梦幻之中

在把日常状态

一点点　一点点

放进操作的行为里呼吸

构成腰肢　脊背　双臂　以及

巨型工厂

树丛的一片繁茂

一座城市的分量

开阔水域的北岸

特别有益制造　有心脏的搏动

光彩夺人　穿着产值和精细的衣服

在历史沿革和惊人的规模路上御风而行

用机械和纺织搭建楼梯

用微电子和物联网打开边际

把一切可能变成所有的价值

迤逦水波　依了这座城市有眼光的人

细节在情节里神志清醒

至上经过每一环节　面对面的形象

或潜行的职业精神

加快了流水线　枢纽和齿轴的转速

操纵杆都在一次到达移动的位置

整整齐齐的技术

称呼所有人的名字

勾勒出交织的锦绣与敏捷

风景变得愈加空灵　滋润融入植物

一再证实　绵延世纪的足音

没有一个凡人

千　千　万

万　万　千

在总和一座城市的分量

机器人

年轻的机器人

穿无袖衬衫　是新的人类

在用预知的大脑工作

臂膀自如

关节和骨骼灵巧　技艺娴熟

没有一对皱起的眉毛

仿佛手是一种视力

连着一组组排列密集的神经

感应了所有指缝间的讯息

包括呼吸的态度

职业的恪守精神

他们像在反哺使命和逻辑

敦厚的心灵

似乎总在宏大的叙事里

点闪跳跃的宽阔胸怀　历经的世事

机器人是又一个倔强的民族

呜咽　牢骚　刻薄和自私

从不是他们的本质

而被伤害

或被一些反常的行为滋扰

就会腾升起一片不饶人的烟缕火花

我们与机器人对视

仿佛少了些闪电的思想

多了一层姿态或肩膀之间的皮囊

新邻居记事

南移的云朵

在三角洲小区汇流

陌生如瞬间熟悉的人慢慢散步

眉毛构成浓密的数据和星系技术

跟这座城市的传感光波融合在一起

循环网络　多层的立方米空气

时间　动力　加速　物质和计算机体系

盘绕附近的溪边小树林

像岩石一样思索水纹

持续半个小时　一个小时

同样的时辰　同样的习惯　同样的沉思

似乎总有柳叶粘在鞋上

踩出一线路径　变成拂动的柳枝

树木渐次稠密或稀疏

小径越来越宽

溪流里波长波短的涟漪

像是精致的一根根网线

而偶尔坐着聊天　喝茶　嗑几粒瓜子

或盯着一只栖息的白头翁凝视出神

那时　这个小区

特别明净　彼此的胳膊肘弯

都在椅子的扶手上

放松姿态

晚间新闻

抵达一个不可知的高空

在月球背面 360 亿年的地壳上

越过陨坑　沙砾一粒一粒变成事物

橄榄石　玄武石和高钙辉石沉默永存

迹象里摸索着的迹象

宁静粗犷

饱经风霜

引导着土壤里的核聚变材料

闪出金属矿脉的光芒

每一寸电波磁场

撩动银灰的风和实景中的小山冈

行星留下的盆地　或沙壑

像在一半苏醒一半瞌睡的梦中

使地球上的电视屏面

说出一朵贝壳生动而美好的话语

觉得房子里的星星和星星　太阳和太阳

都在交汇月亮的视线

出现了

扇面一样的天涯海角　　以及那

高过珠穆朗玛峰的一座九千米山脉

留下脚印照片和声音

飞翔的时刻

必要的想象

临时工

开窍的社会　忽然
诞生了自己分配的职业薪酬和空间
有了温暖的太阳

如同城市的鸟穿梭
在多个工种之间转身和流动
打开意识时间的一扇大门

观念不再警卫思维
光线的黄橙　深紫　碧绿　引导着
财富的日子

而承受的生活
协调起的晨曦或疾动的夜晚
身体像一支飞镖

穿过几个瞬间

把嘴唇咬在心里

每一种可能都是自己的精力集中

八小时　另一个四小时

再或深夜的钟点　两根时针

修剪着一切道路

迎面而来的晨光

在歇一歇　临时闭上眼睛的那会儿

响出了一声惊醒的雷鸣

星期天

从很深的肤色手里
飘出一只比他们家乡还大的风筝
拉长一根看不见的线段

仿佛世界上所有沿线的云彩和城市
都在转向年复一年的江南湖边
这个星期天早晨

感觉上追着风筝小跑几步
实际移动了一片
巨大的陆地

开发区或背景里的素雅粉墙
绿色草坪像是那些外籍人员腿上
跃起的花纹

而把臂膀　云彩　风筝连在一起

晨风中同样不可分的光斑
飘逸开了洋海棠的衬衣

飞翔的天空
五六个人笑着喊了好一会儿
是一种第三部分的空阔和晴好

三人

下午慢慢过去

我们三人坐在各自的沙发里

几乎谁都不说一句话　盯着手机

空间没有什么重要的事情发生　像在淤滞

屏住的呼吸　夹在

胳膊底下和衣袖的褶皱里

偶尔一人咳嗽　另一个人就咬一下嘴唇

我挪动侧坐的身子　调整姿势

用肘支撑间歇一跳的心脏

感到隐隐出了一点状况　在浮动手指

途经屋顶的飞机震得空气嗡嗡直响

几扇敞开的窗户流过青蓝的云

警觉傍晚的时分来临

这时其中一个人站起　边拨电话边走出了门

沿着一条空无一人的大街走去

天空灰得喊不出一点动静

而我和另一个人

相互看了一眼　各自兜好手机

转身说

太晚了　各自

走在没有影子的路上

新工业时代

从这里或那里

我扣上一粒工业纽扣　跟着

相同服装的人群进入一径集成电路

动静所在

互联网和物联网越来越密　越来越灵敏

工艺空前精细　紧密的连接

啮合着行云流水的齿轴和节奏

零件一个接一个绽放

部件如同无数种规格的徽章

在信誉的每个瞬间闪亮

我握向机器人的手

软件和信息确定行为方式

自动规程　或觉悟的生产关系

走出无时间地区

变成七大洲四大洋的移动陆地

穿过从没间断过的荆丛　通过崇山峻岭

闪烁的荧光灯

换了脸上一双双眼睛

智能使顺时针上的一切刹那间变化

突出一圈又一圈边际

蓝色工装的太阳与月亮光泽

连接所有生活祝福

像在交换心的位置

从东方

进入云雀的道路

碰撞

格局和格局　状态与状态

在其外　在其中　在共振的区域

新产品　新事物　新工具　鸣响一口钟的光芒

时时不同　经济在脊骨背上爬坡

突出的一系姿势　图像感觉　闪动光点

交织网络和智慧思维

双眉抬起的工作帽檐

俯视　平视　仰视　过程与完美

身临轻盈境地　肢体和大脑协调移动

手里的云　握出蓝鸟　飞出翅膀

变成任何人任何地点任何方式的任何空间

认知　意志　释放

转向敞开路径

改变彼此的现在世界　以及所有

史前的幻想或耕耘不止的尖端

到一切精密为止

而细节　细节　细节　全部事实

碰撞的渴求　沉思　纯真

似乎都在一种具体化的形状与形状之间

推动里面和外面的方向

从衔接中　再次取出

更为高级的

太阳一枚金粒

月亮一枚银粒

在大数据办公室里

我用剖析的集群思维

去大数据办公室坐坐　凝视网络终端

快速切换的系统　充满恢宏气息

像在进入线缆　带出橘色光波

手势里有了长发舒展的含意

千丝万缕

轻柔豁亮

乳白色背景墙上的详密演示

纤细脉络如同人体血脉交叉伸展

达到流畅的极致　跳动出

键盘上一路的手指踪迹

渐渐坐稳的椅子　或支撑起的空间

有序的左右　前后　统筹着

时间和关键事物的沟通

密切了每一角落　每一现状动态

敏锐的柔软闪电

都在毫秒里上下游渗透和归纳

在加速的加速中

清晰数据　听到

手表

轻微的

嘀嗒声音

在石墨烯三层楼面上

此刻明白

我在一种萃取物质的层面上

实验室的洁净玻璃明亮

没有个人的相貌　里里外外

高分子材料在除去所含的杂质

静电划出电弧穿透每个电子元器件的电荷

在和敏感一起　紧密意图和机会

分解和集中出更强的传导

从蜂窝似的晶格里　带出走廊里的灵巧静谧

无限地

融入超级计算和新工艺的暗示

激发装备的踪迹　并继续装备的追踪

连接光学　电学　力学和碳原子

以及高高的天空和蓝色

觉得此刻我像一个走过地平线的人物

在特别领域的一排窗前掠过亿万只鸟

闻到了山峦和树木有烃的芳香

这种际遇　细微的开阔

进入一瞥眼睛

电子效应

吸收或达到饱和的光

仿佛都在卷起柔性的手机和显示屏

像支铅笔一样

可以别在

自己的耳廓上

微电子城

从江南许多地方走过

微电子城仿佛在以光速行驶

拉紧的空气冲刷着成形的万物

楼房奇妙起来　内部加宽的空间

那一扇扇窗户　一片片开花的虹膜

网状交织　变成了

越来越大的屏幕

越来越小的芯片

使世界的一个惊人区域　密度和融合

容纳起十几亿缕隐隐的弧形电流　闪耀出

心灵感应的电容　晶体管和游丝　以及

集成电路超净超纯的超静光波

延伸进了

百姓日常的智慧家电　服务和手机

感到脚在园区移动

时间在拍着金绿色的翅膀飞扬

其中所有一切的联络

似乎都在震撼树丛的枝梢

在呈现

弹性的

视野的

可预言的馥香日子

未来工厂

这江南的一个地方

未来工厂在繁茂枝叶间的深处

那儿　几乎看不到人　量子通信的链接声音

比城市化更快　阳光像在路标牌上飞扬

越来越多的技术名词或词汇

感知的专利云集出一切思考的晶体

触动生产模式的效益

机器人的肌肉愈加矫健有力

在一座会说话的大楼里

步上运营梯级

连接着物理的土地　海洋和天空

呼应相互之间的趋势和眼神

蕴含的一丝蓝烟　或产品的一种品质

钻石价值

有了量产的声望

而所有进展　每根轴上的扩展光点

进出一团相遇的火花　像是

看见的

或看不见的

开始过程

过程的开始

成品

我看见的东西

我看不懂的电子元器件　里面

袖珍的一种氛围　干净又平静的气息

技术增加了色泽的无穷变幻

世界的形状就像一只眨动的眼睛

在缄默最核心的本质和结构

粘着一切生产要素

使十辈子的体力和心智　咬住一口呼出的气

称之为好奇的触摸

缩小俯身的微妙距离

似乎这一刻　极致的慎重和小心翼翼

都在融入精细过程　在实现

神圣的尺寸愿望

以至　眼睛站起　眼睛坐下　眼睛凝视

过了练习的粗粝和困境

观赏到的成品　诞生和诞生的灵巧

每一组　每一道光引发的反应

仿佛都在传递一种动态与意义
在说生活中许多称心的便捷
从工业的坚硬中
柔化躯体或观念
而我好像一直在用点头的方式
在移动
接下来的视线

独好风景

在高新区

电子研究所高踞台阶上方

轮廓分明　标识像天空一样单纯

迎面而来的芯片　空气里全是奥秘

过道洁净

光芒建造的试验室　收集起

不能错位一丝一毫的硅材底板

颜色深一点的紫色晶片

薄薄如同联系世界的册页

激光飞动　开出一枝铃兰炫目的花瓣

形成一系列美感的跳跃

簇拥起可鉴的价值和完整线路

像张填写的圆形表格

移动着光刻机　蚀刻机和注入机

全部的离子束流和元气

变成一处

独好的另一类风景

而我也像一个重要角色

手指抚摸到白褂上蓝色的小徽记

懂得了符号的构想

以及立足点

包含的开阔

民族工业遗址

这饱经风霜的手

掘进民族工业遗址

织布机含辛茹苦　谆谆教诲濡湿了墙

宽幅的系列色织　培育出多元提花

经纱与纬纱

勾勒出形体之美

隐去的创始人鬓角早已斑白

蹒跚的脚步似乎还有微弱声音

辊轴落下锈屑

压住墙角露天的青青小草

仅存的烟囱像是一个巨大的感叹号

水塔的头颅在细瘦的脖子上

如同一朵菊花

维系着一根苍老的茎干

许多怀想　或益然幻变的厂房和骨架

修复出一束束商圈的阳光

过路人漫不经心来来往往

出入原先核心车间的地铁站区

明亮玻璃上反射出来的脸庞

像是背景里

两个同时出现的

黄色月亮

城市气象

火烧云

透过树枝树叶的罅隙

踱过湖面　托起岸边层层叠叠楼宇

粘着透明胶似的云霞　照亮一片墙面

间隔几分钟的飞机航班　斜过头顶

从十公里处的跑道起飞

或栖下轰鸣的翅膀

临水回廊上

散步的老人孩子中年人特别悠然

环绕着一片憩息的风景

光点一闪一闪

蝴蝶轻柔蹁跹

自动翻开的波纹　像在推动

这座城市每年万亿基础的制造业增长

似乎有种潜力或后劲

坐稳水畔颜色金黄的长椅

天竺葵竞相怒放

几处集成电路和电子园区的招牌字眼

映入水中　静悄悄照明了

葱绿树木

草地和

鸟

灌木丛和菱叶间闪出的白鹭

飞越过了许多的山

七十二座山峰

处在密集意象里的湿地公园

像根树枝

从中间分开工业园区和高新区的叶子

湿地公园簇拥起一片绿荫

密集细柳穿过腾跳的光线

移步换景　大树小树和江南花卉发亮

覆盖鸟鸣和小溪

布局的远与近

延伸出公寓楼前一条蜿蜒小径

太湖石骨骼　洞孔里凝聚的露珠

糅合一起　连接通幽的小桥

韵脚惊动边缘的鱼和水草

这园林环境　活的流水或萌芽的岸边

所有菱叶交织了细长的涟漪

乃至眼睫

梦境变幻

一次偶然的张望　双手就有嫩嫩绿叶的清香

肺吸收的空气和看着的一切

有了适合的感觉

觉得一种未来就在这里的理由

心理倾向　或一幢幢允许进入的智慧高楼

仿佛那里的门

都在一步步

移近了

在蕨类植物上漫步

开始进一步思考

炎热　暴雨　地震　俯瞰全域

用碳达峰碳中和净排放的术语

关联持续的夏天和工业孵出的所有自然灾害

海平面淹没岩岬

水漫过膝盖

越来越小的动物圈子　蚯蚓任人观摩

青蛙在温室里踱来踱去

身体像在慢腾腾地下陷　症状里

心跳加快　神经迟钝　呼吸别扭

健忘　烦躁

熔炉里的幸存之灵　人类

在践踏过的蕨类植物上漫步

到了今天这个时刻　就像读一则报纸消息

产生的公约如一场清醒的促膝谈心

意识喊进世界的烟囱

树林　雨林　丛林　森林里的足印

仿佛在渴望里正靠近弓形脚板

几株树上嫩小的幼芽

抱紧了全景之中的鸟鸣

以及婴儿

急促的

出生啼哭

这样一个日子

我去储存硬币

填写联系方式　留在银行一分钟

离开之后　我游遍心境的水巷小弄

开始接听不同银行电话

告知基金　理财产品　汽车货款　贵金属代销

一伙人

语气慈怀　脸都透着妩媚

牙齿莹莹的　粉嫩透了

仿佛一瓣瓣粘着许多汁液的橘瓣

晶光闪亮　显得异常通灵

淌过蜿蜒　袒露或赤裸的小径

甜腻腻粘住走走停停的脚步

这样一个日子

我一次再次含笑地重复应答

声音滑过

潮湿的墙

耳朵里不断长出神话和草

日光斜出小心翼翼的身影

孤独一人

像在穿过空气里洞开的网眼

默算着几枚硬币一天的盐粒酱滴或油

用手　紧紧捂住了

浅浅的口袋

网络迟滞时候

网络迟滞时候

空间惶惑　像在分离万事万物

窗户里的云彩跑得无影无踪

斑白玻璃恹恹静止不动

伫立地方　或坐着的一把椅子

静寂浮出一种饱和的泥泞　心跳

闹哄哄如同喧喧的锣鸣

不得不转动的手　即使身体变换方位

墙还是没有漫过四沿

光线折弯了僵直的影子

淤塞境地

时间暂定

喉咙里拥挤的自言自语堵住嘴唇

呼吸从鼻翼中间一点一点分开

似乎驮在肩上的思维支撑不起身体

凝固住了更加社会化的交往与交流

如同鸽子窝里空空的蛛网

透出一格一格

幽闭间隙

摊开四肢躺在板着脸的天花板下

一遍又一遍

盯视着

看不见的白色

子夜时针跳过十二点钟面

昨夜一则缝隙的网络动态

像只海星　被海水冲刷上岸

爬进我的房屋　抛出临空高悬的浪花

看上去非常迷散　又异常骇人

觉得像在搅拌　在千百次地卖出买进

唬使着噱头

攻其一点

子夜显得更浓更长　时针咬动十二点钟面

耳朵里一层又一层附和的尖厉喙声

进入目标一致的鏖战

仿佛此刻的人　那么多人

都在冲动　都在举起钟点

砸向自己的闲暇　纯粹和安宁

像扑动翅膀的蛾子　穿过一堵飞行的墙

剥落下石灰的粉末

空间变得混沌　露出雾霭的拱形大口

旋起一个个气涡

而我像在礁石方阵的另一侧　泊在岸边

注意到自己浏览的一切

时光同样也是一片沙粒

在窗户上

遮蔽了黑夜

人影

难以辨认

闪得更快的人影

为沟通而隐匿的脸庞　冻结皱纹

夹在其间的街道　区域或伸向天涯的踪迹

嗓音被车流淹没　溢出手中一小杯茶水

夕阳停在窗户的厚厚玻璃外面

静谧也飘动起一绺头发

在额前

捋顺一缕　垂下一缕

不知谁在空寂之地也在相摩兄弟的肩膀

情节从黄昏一直回溯到东方破晓

只觉得彼此多年的紧密或契合

只被一阵风　就嘘的一声

裂开空气　消失在了凛冽的云端

正如此刻

自己洁净　完好的手

像在从忙碌的另一只手的掌心抽出

使心脏一侧的蜷缩
肝脏一侧的疼痛
扎住了
偾张的血脉

工业 4.0 讲座

讲座的眼睛抬起

工业森林伸出一根蓝色的树枝

嫁接进耳朵　变成想象的回响蜂群

声音划出一道弧光　闪出一片绿色云影

移动着突然生长　变大的空间

注视的一切

或从未见过的新鲜事情

第四片叶子上精炼的智能纹理

从蒸汽电气信息时代的末端延伸出来

开始第一次触及

数字化的脉络和术语

互联网环绕的神经与趋势　以及

电脑连接的所有观念

仿佛都在进入一场迅捷的效率革命

改变每一种零件或机器的经历轨迹

知道昼与夜

每一分钟的每一瞬间

风把世上的黄叶刮落下来　又在冒出苞芽

保持葱茏旺盛的更浓氛围

感到坐着聆听的脸　脊骨　揭示出来的姿势

膝下锃亮的地板　稍稍翘动的脚趾

跨越了时空　在加入人机合一行列

使近在眼前的激情　或相似的渴望

快速地移动房子和场景

整个运动的躯体

毛孔一个一个打开

头发一根一根飘出动向

像已进入

直视的前方

精密

我的眼睛

寻找自己的脸和形象

在寂寞和惊人的存在中绷紧情感

打磨一面非凡的镜子　雕镂品质

烙上空气一印

知道纯净的一个点或一丝一毫

一种使命　一种状态　一种灵魂意味

计数经历的手指　穿过无数个早晨的夜晚

紧跟上未来的现在　像在关乎永恒的领域

确定的行为和平静　或那无与伦比的闪烁光芒

越过四周荆棘一样流动的眼神

抹掉了任何一缕烟云和痕迹的虚浮

感到正在继续细化的世界

一个零件

一个部件

种种延续的工艺

声誉在深入心境

彼此紧密的联系或情节

一体化的万事万物和渴望都在慢慢开花吐艳

臻于意志的完美

而这一切

正是别人放弃

我要坚持一万年的姿态和耐心

参观钢厂

三月　寒冷夹紧肩膀

炎烤的暑气抬高巨型顶棚

第一次经历电脑操作的热轧车间　记忆景象

冬天已是夏天

视觉改变的熔制区域　不再那么扁平

廊桥上赤绿色调的栏杆

每一粒跳动光点如同太阳的内核

在喉咙口升起　红了嘴唇

安全帽倾泻下了滚烫的热量

加速着空间激荡

远处铁铸似的金黄豆子　带着翅膀蹦跳

四处飞溅

组成一枝枝色彩艳丽的花束

建造出一座眼睛里的花园

仿佛经过的位置　所有气息和空气

都在一遍又一遍强调着什么的意识

在通过对比

突出一种火与钢的现代关系

觉得自己正在移动的脚步

鞋底下长方形铁皮的声响倍感节奏

有强大的气势和气场

以至走下廊桥　走出大门　左脸右颊

冷与热

变得一样绯红

年终大数字

城市如同推向山巅的一块石头
或是一座年终的悬索桥

首尾相随
在屏住呼吸稳住排列的名次和规模

把最后一个关键数字
放进零点前一秒的溶溶月色

让一根冒烟的羽毛
环绕彻夜腾空的树梢

等待晨曦
溢出空间的杯沿

使一年太过宽泛的湍流
太难测量的高度　在这一刻

变成云层台阶

延伸出去的梯子

从这一点说

年终的城市都是一弧了不起的光环

而我口袋里的薪酬纸条

同样也缠着一根弯曲的手指

音讯

在蛛网的空隙里

失去了对你可能一瞥的视野　变成盲区

窗户越缩越小　被一片树叶遮挡

光斑碎落下来的气息和月色

渗入迸裂的墙体

眼睛一眨　不知道谁是谁了

仿佛阴沉下来或特别晴好的天气

两种心境　在熟悉而又陌生的脸之间飘忽

延续一种无聊和另一种疲倦

使空空的大脑

被严厉的房屋环绕　营造出了

一个稳妥理由

尖锐的价值关系　绚烂的功利

心骤然一抽　轻轻的悸动

在消遣肋骨间一种隐疼

收缩一点点

自己过于刺痛的纯粹

知道朋友已在

知觉的视网膜上彷徨和分离

在陷入自己的木讷或细微观察

退到一切经历的全都消失为止

也许这样　对你

就不需要再面对蛛网或窗户

凝望

或

凝想了

本地特色

我跟你叙说

本地特色

水巷来回往复　布码头摊在漕运岸边

长衫变成民族工业纪念馆里一个停顿的身影

更多引起回顾的内容　演化过程

机械纺织的韵脚走到现在的柏油路上

与微电子或集成电路联姻

结合在网络之中

许多听过　看过　栖居的故事

哪怕只是一次经过

光线也会随着流畅的空气

在一千个入口处萦绕凝视的眼睫

出现风景里漂亮的绿树

五颜六色的产业或万亿产值

携带的信息　如同传统酿制的蜜

调理出了甜润心境

以及抒情的　一切加入糖的饮食习惯和目光

使所有相似的方方面面　悠然的说话方式

看到的人　每张脸　都会随你进入生活

单眼皮是沉浸的江南雨丝

双眼皮蕴含一碧湖水

在相遇时　那无邪的微笑

都是

一枝

淡雅的栀子花

尺寸

坐在工厂的花坛上

镂空墙外的运河和水波不那么新鲜了

沥青路面上的货运车轮嚼出橡胶气味

茂密树木的簇叶枝梢

栖着一群无名的小鸟　扇形排开

围着头顶喙理羽毛

关联性的思考或一支烟

在认识这个二十一世纪二十年代这一天

短暂的小憩时刻

想了自己和大多数人的水土环境

理想公寓或窗口的一盆绿萝

喉咙里安之若固的气息似乎与感受相连

已经洗得发白的袖口

毛茸茸的纤维像在手腕上筑巢

淡血色经脉刻下一道蜿蜒凹痕

延续了一种回旋的余地

觉得眼前看见的一切　或钟的嘀嗒

指针时快时慢

两只穿过草地和鸟鸣的双脚

提起膝盖的鞋子

一只宽松一点　　如同富裕的工业利润

一只似乎绷紧一丝

稍稍小了那么一点点

合适的尺寸

物形

物形轮廓
线条与比例　在被
各式各样的词汇和行为运用

静静氧化
反射或吸收的声波光波
所认为的价值

须臾间的光洁
或许只是一瞬间的恰好时光
或许就是一种哑然的存在

因此　物为何物
正面侧面和反面的所有角度
似乎从没改变那么一点点地方的宽度

而四周或空间

鸟鸣　鸟落和鸟飞　鸟鸣
总在咬合牙齿一样的愿望和街道

在用自己的重量
替代旁观的空气和眼睛
拼读折弯的视力

交织起
聚拢又散开的感觉
刺入的射线

自囿之地

静静时光

占据偏窄阳台　一天读一节诗歌

远处繁华街市或工业园区像在消失

早上的云掠过傍晚的树梢

如同橡皮刷子

擦去白天的光影　浮出半个月亮

窗户压缩进一粒粒星星

感到自囿之地　或手中鸿篇巨作的委婉

稍欠现实的纷杂和呼吸的新鲜空气

虚了一些　多了一点恍惚

苍白的唇在面孔上

随着语气起伏

变成一圈又一圈盘旋的夜色　使一节诗

松开手时掉落在椅子边的地上

觉得嘟囔的一天　每一分钟

在废弃沉着的城市和人群

似乎一切都像书脊一样

从中间分开互不关联的页码和世界

而闭上眼睛

闲暇的心思如同一只蛾子

突然形成翅上一千零一粒灰尘

在房间里变形

蓬乱了空间

听到敲打窗户的风　正在生动地

驰过最浓密的夜

宽阔的屋顶

树

树如地球上另一个球

在光中盘旋　枝叶和里面的枝丫

有环境的气象

投影在墙上　或地上

明亮的光线突出对比之间的轮廓

倾斜像在轻轻碰触一下活跃的姿势

梢尖向上

或向四面八方伸展

延续着每一毫米的快乐生长

即使翻云覆雨

间或沉思　忧愁　或只有误解的天空

风一直是看不清的人类

记住了视觉里的早晨

粉的　紫的　白的和黑的各种颜色
都是一种傍晚的黄铜色光线

而藏在内心的鸟
把欲飞的枝叶　变成万里天空的翅膀
绿荫放大了四季的更替

在环境的土地上
在新月下
直到白雪覆盖长满草的小径

一棵树
包含一个球形的世界
光浸透了一个个空蒙的罅隙

假想一个知己

人影松弛

繁密树木稀疏了细枝

朋友与朋友的意义逐级灰暗下去

榨出三十年　十年或五年后的寂静空气

日子越变越长　虹膜上积聚出一个褐色斑点

仿佛一心热忱的为人

只为虚构一场假想的知己　加深

张口动嘴的缄默和那记忆的沉思

牙齿好像一颗颗都在松动

在抽走整个弯曲躯体的肌肉

向内不断练习的怀想

寸步之间移动着的鞋子

在每一面反光的物体中遇见

太多的自己　太多说不清的窗子和光线

所萦绕的一次次邂逅情景

相见之前的感觉

似乎反复揣摩的一只手　总在带出

更多的低语　进入不经意的场合

像寻找一件东西一样

彼此瞧一瞧　接受彼此损坏的表情

在拖动一把椅子时淡化一点烦恼

使如胶似漆的感觉

坐在一起的姿态

突出一个打火机的细节

反复打击而出的火苗一次次熄灭

回缩着淡蓝色的烟缕

似乎在再一次感受经不起的一丝风息

以及

出现的知己

消失的自己

一流的视觉

心脏被

伸进喉咙的一只手捏痛

涡轮叶片上的火焰　光的震动或共振

气流掠过无数昼与夜的前额

改变了脖子的倾斜角度

使耸起的拇指与云层的山脉和江河连在一起

触及每一只羚羊

相似的渴望　或那开始的中途和现在

咬住的火焰　从 1200 度　1600 度　1900 度

最极致的音速

外太空的一条跑道

一朵飞翔的云朵　淡绿色标志变得越来越醒目

觉得一个时代的焦点

被心祈福的安谧生活或灵魂

在太阳缓缓升起的时候

加入了中国构造的一个发展系统

公布的信息　变成一束完美的花枝

刻进灼热天空的蓝图

仿佛自己的微笑在连缀奋斗者的心灵

在记住生活中太过重要的婴儿

此刻握着巧克力棒

正在入迷地舔动

蛋羹

和

草莓

对视

当我再次

沿着工业园区的阶梯上楼

重新了解一种静谧

鞋尖上没有一点白或灰的迹象

细长领带扩大了车间空间

转化为精密零件的物质精华　正在

从列队中移向下一个相邻的出口

伸向速度与灵敏更深的领域

使闪着荧光的身体

轻盈掠过

被一环连着一环的绿色指示灯改变

更浓密的感情　或依旧的兴趣　静电白色大褂

延续了接连不断的进程

觉得陌生的一切

或我自己挖空的五年时光

所有庞大仪器已从制造区位搬走

受玲珑而训练的全部设备

都在取代动静巨大的循环

无处不在的智能　传导的电脑程序

悟性或接近

我像在一次次以我的颈肌　盯着锃亮物件

与自己的边缘目光

四只眼睛

默默对视

并非一场竞争

你从高处往下俯看
总在担心做得更好的人
向你逼近

用尖刻的鸟叫
或舌面上沟壑的斑纹
扔出岩石上的嶙峋石头

强迫着你自己
不好好说话　不与一种友善的姿态相处
卷入混乱又缠绕的思维之中

而一切并非是一场竞争
彼此存在或将要更好的存在
都有金色的银色的日光和月色

茂盛的色彩

机会和闪耀的梦想
一种永远谁也离不开谁的预言

而没有晦暗的云
倒置的天气　逆向的山坡　以及
翻白眼的河流湖泊和风景

相互永恒的一触
四季植物会在冬天成熟开花
透出绿色的叶簇来

因此　我跟你说
竞争只能翻掉自己站立的山脉
压塌大地和天空

更多的人一起
通过山巅的雾和风　星星和宇宙
那你就在一块更高的岩石上了

两个人的集体

亲密的熟人

老工业新工业在永不独自行走的路上

寻找身体中的热量

加倍起伏

颠簸得像云彩　在沉着捋出一缕缕

纺锤和芯片纹理里的风

太阳穴上的血脉跳动

姿势和重心　左脚或右脚

身体轻轻越过沙地的丛生荆棘

两个人的集体

年长或年轻一点　觉醒的尖锐

穿透一百万只雏鸟纷飞的光

针尖的痕迹

绷紧了世界之轴上的呼啸转速
带出一点眨眼的警觉和警告

使路径或路线
这一年和下一年　耳朵里嘶嘶响的风
旋出看得见的汹涌螺纹

变成一种带轮子的行程
软式弯道上的肢体
轮廓的吸收力

淡化了
表情
和长相

对一家企业的范例介绍

注目云天

眼睛里一轮重要叶片　1900 度火焰

极限腾空　拉升起每秒 800 米音速

穿过苍穹的铁栅栏缝隙　划出一道彩虹

变成一个定义的日子

逡巡的全部顶尖环节　淬炼过程

鲸羽一般在风中开花　闪烁出红光蓝光

抖开星星点点的冰封寒流

染上了橘色的太阳光斑

似乎像片树叶

像张当天飞快阅读的第一版报纸

讯息　连接闪电的波浪

涵盖这片土地上十四亿生命

及我们身在自己位置的一隅安谧

正像此刻

掂量这家企业的涡轮叶片

从内心从感受从肺腑和胸腔

视觉的飞行

或生动的风

一种光洁一种标志一种轻盈

仿佛都在替代天鹅为明亮的日子

和那一群做得出色的人

在说出

我的庆祝

福祉的向往

进入眼睛之屋

晾晒绳上几件衣服洗得发白

又薄又小的怯怯窗户　敞开风的缝隙

冲击着

光亮的早晨

这临时宿舍里的人

赶往喉咙口的钟点和地方

他们没有新工业技术　还无法

改变一天触目的白光

唯一的血液和年龄

每天比树木更长的手和腿

交叉着路上

叶子的婆娑

硬币似的脸庞或脸型

攸关生命的酬薪　在化时间
积聚福祉的向往

隐藏起了一切动态
背影总是洗得发白衣服里的脊骨
在穿过空间
从这边的眼睛之屋到那边建筑领域
或工场
或工地

制衣厂气息

她们每一瞬间

改变分工的布料　做衬贴身材的衣衫

守卫各自链接的工艺和姿势

在缝制　扣眼　熨烫的每一个针脚上

传递胸袋　袖衩和衣领的拷边和绲边

弄好过肩面子

意志样子　程序决定的默契关系

最细致的动静就是起伏的前胸

几缕秀发延伸着新陈代谢的隐喻

闷热空气

头顶上的桨叶吊扇　一圈一圈转了又转

勤勉地循环　绕着区域清理空间

用手再经过一堆追踪的行为

彼此几乎一致的躯体

或卷起袖口露出的相同手臂　洁净白皙

组合成一种用手腕快速推进的步伐

协调胜过了一切

像一簇真正亲密的姐妹

关联眼睛　心脏　大脑和肢体

她们连起的每一个点

每件衣片

结构一样完整　都在重复叙述

一遍

千万遍

亿万遍

视觉的大众景象

在朦胧的光晕中

在高新区广场

朝四个方向分别迈出百步

往外再数五十棵树　在朦胧的光晕中

芯片砌成整齐排列的新工业企业

顷刻进入或走出

经过身边的机器人动作活络和协调

知觉的手势　颈脖或双臂

在背景里移动他们年轻的肢体

依靠记忆与灵敏　用点闪的磁针操心繁忙工作

牵动着每一步涂膜　光刻和测试的规程

比人类说得更少

做得更好

偶尔一次深呼吸　觉得也是一种榜样

像在等待一次更开阔视野的连接

确保万物正确

这样盯着看的眼睛　或伫立和移动的脚

一次次穿过　一次次走回宽敞的大道

树木似乎都有纯粹的琥珀光泽

荫庇的一家家企业如同拉开的一个个抽屉

在展示所有一切可以说出的贵重品质

就连银行

也在咬住自己的敏感神经

挤出一扇雕砌的大门

贴着路面

眨动眼睑

线缆展示馆

光线在额前集中

讲解声音震动耳朵深处的听骨

一根最初导线的历史细节

一场持久的民族工业编织

递进与变化　转折点确实磨出了茧的轮廓

不再是街角边上一间简陋的房屋

或几个木制的轮轴

扩容或柔性的数据加进丝芯

加密的超高压技术和通信光纤轨道光纤

连续反复　贯穿一个连续的剧变

瓷杯组成的热情

提速了空气空间苍穹的感应

几何的绿色结构

从工业化的定律中拉出了一道闪电

像根风筝的线

进入空中　进入卫星和宇宙

在遥遥迢迢的辉石长石那里深入资源

使觉悟的奥秘　神秘　隐秘

包含一切地表　盆地和月海

似乎在看得见的小山岗上看见了

外星的男人　女人　孩子

飘出的曼丽云丝

照亮

寂静的天空

这一天

经过岁末
全身在运动

摸到夜晚
有了早晨

太阳从东边出来
在加深明天的光芒

沉吟片刻
全世界都在养自己的心思

四岁　六十四岁　九十六岁
年龄越活越小

熟鸡蛋
永远是婴儿的肌肤

新空气或过去的味道
冬天的杯子最暖手

已久的往事
从没绝对静止

生活是稀薄的
微笑在增加空气的黏稠程度

视野

现在　我站立在

江河海岛或山的岭上　手臂

画出一个个习惯性的圆圈　像风能

踱着阳光的光伏　在屋顶或遍野的莽原发亮

缓慢转动和储存不被耗尽的能量

淡黄色的鸟　蓝色的水　绿色的树

在我四周变成云丝一样的电流

环网的藤蔓　随风生长的长茎　诱人的卷须

多晶硅如同我稳定的血液

躯体的光　或充盈的清洁主题和思维

仿佛在输出最大的峰值

调节一切响应的速度

构造出一个昼夜交替的大脑系统

在切换指令中　同风和太阳及时间一起

改变现在生活

觉得我的躯体像台望远镜的支架

眼睛在与未来相逢

稳固住了现在与未来的所有联系

一些代价

足以弥补经过的机会

而当我再次怀抱伟大的计划或灼热的蓝图

从细微之处按动开关　电梯键钮

似乎一盏灯　一台电扇　一壁空调

就是一次打开的窗户

加宽的

深远视野

怪诞的梦

这一夜　我的双手

掘进一层地皮　地皮上透出一个小孔

看到里面一只甲虫伸着一把寒冷长剑

抵住了

我的咽喉

我翻了个身　像在越走越深

甲虫长回幼虫状态　蹿起的黑影

毛茸茸黏糊糊的胳膊

如同钉满了刺的栏栅

鬼怪姿势

吱吱叫的舌头

没有名字　只在低低地隐姓蠕动

嶙峋的吐沫尖利凛冽

在捅破

一重脸面

我像几十年头一遭在剑影上行走
在冻层的过道里迈出鏖战的步伐
把一团火　抛出
强劲的光焰

并用一种叫作百步穿杨的目光
在挑高的弯成弓状的双眉上
射出一箭
穿透了
甲虫的心脏

表象

杯子叼着一缕茶氲

网络滑过放射性的墨晶玻璃

手指在被压迫

茶叶升起　沉下

伪造一束波浪的光　刺激夜晚

反射着严重损伤的眼睛

光怪陆离

令人吃惊的幽深之境　那里

似乎在建造一条水沟

冰片吹出一种口哨

舌头伸缩在自制的洞穴里　长出的草

喝掉几大口的水

浩浩烟寰

指缝里一张支离破碎的蛛网
来回布满了空间

年轻的白昼
年老的黑夜
转向更加吵闹的宇宙

所有没被过滤的表象
在一只盘旋不止的杯沿
在杯底上

诗人

如果诗人
在肋骨间敞开微亮的窗户
问候自己心脏

如果诗人
看到街上树叶比暗淡的房间清澈
嘴唇舔动晨曦的词汇

如果诗人是社会的思维
听得见钟表里成千上万的人群动静
那共同的空间一定会有光芒的回声

如果真的童真
衬衣或知觉里的两根宽阔锁骨
就有人类肢体的联系和支撑

诗人的长度与宽度

头发的江水和思绪的皱纹
实际就是盛大的意志和姿势

内心的开放或飞扬神采
展开纸一样的纯粹　会感受到
变化的几个世界

因此　诗人的天生环境
即使陌生也储备了熟悉的感觉
没有不懂　只有懂得更多

而经过
现在或之后的磁性敏感和敏锐
那瞬间绝不是一个空洞的地方

小憩

太阳雨洗净绿叶

坐在一棵繁茂树木下的花坛上

新的蓝靛色服装几何形标识在胸口敞开

用一支烟向一个人招手　那个人

横穿工厂大道　穿着阳光的鞋子

声音有金属的气息

说话的眼睛压了压翘上的工作帽檐

天空仿佛飘低一朵云　在顺着目光移动

变成一只纸型的烟灰缸

两个人坐在一起

焊接着烟缕

彼此朝着一个方向吹拂着微风

说些师傅的外貌　热情和各种不同的情节

强烈的手势及没有停顿的机器程序

电脑的眼睛

深深种在颅骨里

生产线自动得就像池塘的游丝那样精密

闪烁的光点如同每一粒炫目的种子

激发出一个特殊的范围

新产品的空气

时间感　似乎就像刚刚的太阳雨

树变绿掌握了自己的方法

在适应一种

小憩的节奏

芯片

硅片或芯片

工业魂髓　恰好在手里

像紫蛙和玻璃蛙　跃出一座城市

变成空间里一股拉长的气流

悦人的荧光跳动　激光的意识与知觉

从抽象到具体一点　触及

集成电路　制造应用　纳米　器件物理

融汇一切美好事物和生活的关怀

改变一眨眼的现在

光芒在精确的色彩中形成延伸的术语

替代全部电子元件的功率　功耗　功效

如同一瓣栀子花　弥散芳香

连接通灵的社会　家庭及所有个人的便捷

抓住的每一件事情　每一分钟的价值

每缩小两三毫米的加速交织

环境　年轻天空　昂首阔步的大地

仿佛都已变得纤细

留下了昨天无法留下的密集印记

使动词的芯片

名词的芯片

晶格里一朵朵状态的云

蓝色的金色的橘色的红色的光线

在双重的观察中

变成簇簇温暖的火焰

并在这瞬间　充满了

震惊的闪耀

凝视

坚硬钛金

或我好奇的一块重要材料

叠加出一座很高的楼房　没有平摊规模

黄色警戒线如同一堵实墙

显得安静

每扇窗户上紫蓝色的厚厚窗帘

电脑协调的心绪　设计的遁隐产品

或不可触碰的尖端在眼里眨动

闪耀的一束光　伸向

遥远的海洋　碧空和深处戈壁

咫尺之外噪音响起　亮闪闪的啸傲

带动的气息

感觉眼前的电动门打开

院子里奔出一匹前蹄原地飞扬的铜马

后腿支撑着伸展的躯体

神秘动态变成一个寻访之人的形象

移动的斜斜日光

楼房影子触及小挪一步的鞋子
顷刻的脚
似乎已从时间从空间从距离上
在此刻
抵达了一种
庄严的凝视

隧道场景

在城市里面

隧道裂开一座山的孔隙

救护车瞪大眼睛呼叫　追尾的车辆

如同黏土里的花瓣

一天或并非一天　祸患厄运

普遍的每一件具体事例　毁灭性的崩溃

撞击出漂移的粉尘或肢体

或潮湿的气味

直到现在　记忆从山岭之中通过

网络的实线和智能　或声控　声浪　声波

把优雅移动的光点描述为鸽子

联系驾驶的灯光和匀称速度

气流抵消了风暴

而在末端

朝后视镜一瞥　长长的影子　长长的影子里

一个男人　一千个男人　一万个女人

伴着平静的形象　滑动出

明亮的脸庞

跟随出了清晰的灯光

而宽敞的黑色沥青　仿佛从没黑过

哪怕像蚯蚓一样挪移

也是一种奢侈

女工

当我继续

对进步的电子科技保持兴趣

从元件组装车间的西入口走向东的方向

所有银色的镊子夹住视力

职业孕育成形的姿势盘曲发辫

睫毛上一种不眨一眼的细致

紫罗兰色的电感导芯

一代一代推陈出新

前后浑然一体地更替年青特征

同龄或相仿的感觉

不留一点痕迹一点瑕疵一点惊愕

灯的光晕

像道脸的门帘

在规范各自的正常意识和内在纯朴

这些姐妹　专注又灵敏的个体

元件堆在手边　浅蓝色淡粉色的标签

仿佛在反复强调简单的复杂

增加秩序的真实节奏

使世界上一寸长的导线与一毫米的粒状电容

粘连一起　完成一次持续的组合

而她们仿佛跟我没有任何呼应或感应

也不被一瞥

我经过她们　每走一步

似乎总在试着记住环境　细节　位置

坐着的姿态

每一张脸

网络游戏

在延续的场景里

你在街垒的合围之中进入情节

被逼真的力量推来搡去　显得灵巧敏捷

眼睛如同跳动的鱼　穿透风浪

手指加速雀跃　弯成扣动扳机的形状

越来越锋利的光

分割着眼里的黑与白　不受惊吓的身体

嬉笑的牙齿堆满椅子或斜躺的空间

抓刮出吱嘎吱嘎响声

没有痛感

粘着蜜蜂尖刺上的蜜

似乎太刺激的千转百回使人高兴

能安慰倒下　站起　倒下的自由运动

阵地迸成一团火　强劲的光焰

呼啸着节奏的热飞冷雨

冲刷着不倦呼吸

这种过程　弥合胜利的奇迹　顺从一场平衡

在无关紧要的结局中

移过墙上的日子和光影　散落下黑发

收获一点点蜷着腿的激荡

而你前额的细微褶痕

如同滤过沙丘的一条弧线　在收干

手机屏面上的空气和窗隙里的风

看见你的舌头　那一刻

正在

舔掉

自己的嘴唇

在湖边的高地上

湖面倾斜

冒出眼皮底下紫色霞光

堤岸上密集的城市楼群　百万片玻璃闪烁

飞落的一声鸟鸣　延伸到边缘的山坡

曾经的机械工人　纺织女工

走完所有白天和黑夜　此刻

在湖边的高地上

凝住自己的身影　变成一块块陡峭的墓碑

草木遮没他们名字　增生一抹飞红

微风里几片沙沙作响的秋叶

像在另一边撩动水波

光点停停走走

远处观光的摩天轮如同巨型的工业齿轮

在天空中永远　永远　永远转动

带出钢铁和织布机的噪音

卷过繁华的城市

觉得一个悠久的集体　普通人群老了许多

走路的样子像摇晃的树木

同浸湿的山坡黏合一起

使视野的站立之地

淡绿色的光中

尽是

支撑的恢宏

气象的絮语

道之一解

启动一个重要按钮

电梯向上　钻透多层楼板

基因研究所的一切看上去很简单　眼睛在工作

分子生物和微生物的繁殖种类交融

演示区　清晰可见的细胞结构　毛细血管

分泌出新的酶源

扩增或合成的转化或受体

生命　生态和特征的培养

使开出花来的身体

每一次重组一次连接的开始

每一次灵感一次有效的成熟

最重要的事情

仿佛都在从这里开始

微妙的循环系统　传递　代谢刺激

在分解过程　聚合充分的理由

预防人类疾病　脆弱　或病毒的株型变异

揭示出人类未说出的姿态和强健体魄

感到这座光明的楼里

所有胳膊都在伸进洁白的袖管

在袖口部署好干干净净的双手

轻轻转动试剂　轻轻地

抵消一切基因变化的恐惧

所有步骤

结合一道目光　衬托起的宁静和接近

舒缓了一口

憋住的空气

突然

突然镜子花白

突然孙女的手指从吮吸的嘴里抽出　三周岁了

皮肤比我关心的任何事情还要珍贵

黑色眼眸猛地闪出一道青葱目光

突然被她开了关了的电视机

响出一场声音风暴

突然袭卷

突然凝神不动

突然体态浮华自己对自己陌生

突然光线愈加明亮流畅

突然伶俐四起　环绕四起　色彩四起

突然若无其事身体斜靠沙发的扶手

突然默默站立起来

穿着一只拖鞋忘了另一只

突然撞到茶几的脚　抿着嘴笑了笑假牙

突然边说边指了指窗外

携着她　走下楼梯

去看

百岁巷口

蓝色的粉色的金黄色的菊花

记忆毛病

你的脸如小指甲那么大

在忙碌的疾动中亮了起来

我已习惯你的自信　镜头　或不回一个表情

暂定一切问候　询问　交流

晾干网络的波纹

似乎所有一天　你是射出的闪电　在强化身份

我是静静融化在窗玻璃里的一只眼睛

心际关系的罅隙越来越大

气流变成一种游移的东西

蒙着一层灰色

注视中　你的唇髭长了　脸圆了　肚腩大了

远离心脏的语气和友情抖落睫毛

盘旋的头发像在转动

脑袋里一组齿轮

同牙齿咬合一起

演化过程

你重了轻了的分量

高压线　在身上闪出杂技的火花
形成我耳朵里一个一个涡旋
只见你
空中行走的交叉双腿
没有感受的反应常常回到雪盲状态
出现了记忆的毛病

边缘

这些住宅楼房

窗户上尽是天气的玻璃　没有一点声响

穿过小径　几十棵位置精确的树

都有不惊一片叶子的名字

冷绿或深绿

风吹过日夜交替的枝头

捡起落叶　脆化的茎脉掂出很轻形状

仿佛一个早晨　一个黄昏　一个夜晚的挪移

就是边缘里静谧的心思

光泽和水土　如同身穿的混纺毛衣

逆着编织的纹理抚过

手指少了一层柔顺

而稍微拽动一下　总有绒絮飘飞起来

带出一点复杂的颜色

腾空瞬间

饱含了大脑一片空白

头发一缕缕弯曲

这样深呼吸

树木像在四周经历从未经历过的潜行

削过烟丝般的光线

眼前的每扇玻璃窗户　仿佛

都在缩小看一眼的夕阳和时钟

延伸一条

皱纹的小径

秋色

立秋之后

雨湿透可以叙述的黄昏

从树梢上浮起又落下的风着地

夜色提前飘过花坛上弯向一边的雏菊

不再那么炎热的霞光

带出楼房的裙裾和理想天气

怀着聊天倾向　拉近一步

彼此姿态的距离

交流便成为邻里之间最重要的事情

而半年前的一丛灌木　晶亮晶亮的水珠

触动时间　闲暇和鸟鸣

显得特别成熟　比任何时候更要稚嫩

突出了此刻每个人加入的声音

仿佛在用肺深处的一口空气

在家的门口　实现一次集会的发言

这种感觉　或向湿漉漉的小径一望

情绪稳定的身影

全部单纯　全部靠近的事物

像是插在秋色水洼里的

几株绿柳

一种那一刻

共同和自若的

脸和脊背

坐在深夜的椅子里

深夜的乌云

暗沉沉遮住天空的五分钟

椅子里的暑气稍稍收敛一点

被风吹动的衣衫像在预测一场雨讯

眼睛凝视着远方

烟囱吐出连串的白色烟团

慢腾腾打哈欠时的一个停顿

显得空闲又那么漫不经意

而吸一口

据说环保的一股脱脂气流

喉咙咕哝一声

皱起了鼻子

酸哽之感　或再次移动的云层

合拢　分离　合拢

逼近汹涌四起的内心感受

像在经受淬炼一样

立地震出一声碎裂的闪电

雨没有下来

烟囱上偷排的浓烟歪斜延伸

填满窗户和眼睛所看到的一切

漫长一夜

呼气或存在中的吸气　天空压得更低

房子和椅子

开始在瞌睡里昏昏沉沉

忘记了世上所有不好的事情

在年轻人身后

我一直在保持一种活力

从源头上补充年轻人的灵敏

挪一下鼠标　按一个键钮　拨弄一根网线

用最潮的词语交流相同想法

共享超级非凡的进步氛围

为此　我的膝盖上

摊着网络方面的书籍

从《四维人类》翻到《大连接》

或盯着蓝黑色封面的《互联网思维》幻想

像在进入一个聚合场所　某一条路径

把弹性十足的衬垫放进鞋里

在年轻人身后

小跑几步　跟上疾速的节拍

肩并肩地记录和分析一切变化

使脉络关系　数据技术和理念的涟漪

形成线上线下一致的视角

在恣意的成长中一点一点减少各种懵懂

觉得琢磨的目光

是种任性　是催促自己年轻

快速地　或一百倍地

聪明起来

找到事物的闪光

直称

如我所见　湖边一片荷叶

在耐心列举一粒晶莹水滴

盘绕着光　关联城市与人的呼吸

像是培养的工业

在支撑一种平衡

玲珑剔透　不可侵犯　洁净地滚动

映衬绿色和粉色　照见天空或人影

似乎正好如期而至　四周

更为新鲜的树木　橙色蝴蝶

沿着被微风吹开的枝头滑行

超越蹒跚意义

而啼鸣的鸟　像在继续巡查　在扩大范围

翻寻空气里一丝一缕异样的气味

闪动白色羽毛

湖面透出清澈水草

看得见石头和游弋的鱼

登陆的一枚月亮

在公共花园里如同一种警示的规则

有了一种

城市的

默契直称

眼前一切神圣的样子

我看见的东西

我看不懂的电子元器件　里面

强有力的星星和云　是场流光溢彩的紧张竞赛

一秒钟一种的显形脚步

世界的形状就像一只运动球鞋

在飞快闪动

穿过最核心的研磨小道

使十辈子的体力和心智　咬住一口呼出的气

拉近了肘部之间的微妙距离

似乎这一刻　所有预言

或极致的审慎

都在更换心和速度的位置　在实现

眼前一切神圣的样子

以至

眼睛站起　眼睛坐下　眼睛凝视

晃过了粗粝　羞愧　困境和灾难

呈现出职业的壮丽　灿烂　改变和改变的脊骨

仿佛每个点　每一道弯弧引发的反应

在我临时穿的白色静电服上

变成了鲜明的标识名称

卓越的姿态效果

融入的身份

跨境电商的空间

像店铺

一部手机就是天空创建的电商门户

跨境几秒钟　疆域烟消云散

感觉天涯海角

或城市　在手指疾速的风中

回旋和移动

生活寻找生活的一种机会

所有称作行走的立足点　选择的物品

进口或出口

混合着培养的心跳和经验

使一支斜着向上的业绩箭头　穿过

个人的世界峰巅　变成飞翔的云朵

绣上了自由贸易的旗帜

注意到

门前的洁白海鸥

翅膀上都有一朵朵花瓣

而这仅仅只是开始

瓷杯里的咖啡濡染着世界性语言

巨大的海浪声响

礁石喷出了泉水

多边世界触动每一天手机

灯光照亮指甲上浮动的月亮

星星漫过窗沿　东西方许多可做的事情

有宽广的码头

抵达岸边

面对 5G 我在想些什么

在声音和网络的图像里

蜂窝的波纹是池塘　基站是森林

世界是从一边到另一边的再次加速

更快穿透

一个点　一片服务区域　一种神秘

出类拔萃的模拟信号　频道苍蓝

宽带光纤的地平线接通天际和星宿

从中跃过屋檐的太阳

带出新鲜的光焰

月亮变成白色的银子　呈现的

时间观念和关联愈加繁花似锦

使未来十年的一把钥匙　突出知觉

如同一种手势　或一种谙熟

接近一步之外的壮丽

而人的日常角色　特殊的传输

任何一次眨动的眼睛　只是

静悄悄的惊异

和发现

是一根有着各种设想的纤细导线

闪动一些迹象

穿过空白

带幼儿园一个小女孩在回家的路上

手指的细节
从幼儿园出来的一个小女孩牵着我的手
另一只手抓过我的手机　放在
掌心里玩　挑战性的一系列问题
问到广告屏上 5G　她的眼睛
闪着光亮

寂静的路　那种最不自然的寂静
一分钟　在六十秒里逛荡
一点一点移动

夕阳裹住城市
眼睛默默对着鞋尖自言自语
仿佛我是被疑问追赶的一道阴影

而微风在颔下一缕一缕拂动
羞怯像在失去敏捷的后代

我跟小女孩说　手机就像一朵云

在飘向家的方向　而摇一摇

宝宝的房间就长成了一只鸟巢

里面的游戏机　果汁机　各种玩具

都在围着想法旋转　给你想要的样子

包括恒温空调

动漫自动唱起的主题歌曲

小女孩开出两朵粉红的玫瑰

伸出的小指头　飞快地

按动了一个触键

无人超市

当传感器与视觉
梦幻着什么　无人超市随即入眼
商品郁郁葱葱　恒温　像森林敞开着门
一种传说
变成了事物的走向

自助式消费
网络放在真诚的手上　亿万级市场
千真万确地悄悄出现了　人性的公示
呼吸与半寸距离　仿佛每个自己
是最好的保险统计员
眼里的小毛病便像一朵云化去了
无界的商业裂变
就这样从简单的生活指南中轻轻而来
透视一番
感觉的面积之内跟城市伸出的路
穿上新鞋的 GDP 镀上金色的光辉

迈动了长腿

而此刻身边的一家无人超市
太阳和一切感知的触键之手
在拉出一张连绵不断的
流水账单

在网络中穿行

在网络中穿行

网络抵偿极大的疲劳　有来有往

永恒的知己　是一种对空间的表达

放大或缩小了

世界的无限

我们已经过着另一种生活

我们正在过着另一种生活

全部的必要

以及屏面限制不住的白云　资讯　万物

毫无厌倦之感的沉浸或姿态

一片指甲

又划过另一份页面

所有过程像是寻找一个缺少的朋友

逾越沟通和相处的深渊

这种渴望

空中的联系　思想　眼睛和光线
从指尖上
遁入云尘

我们似乎都在这种方式里进入氛围
在网络的生息中　感受月夜的透亮
白昼的飞扬

变形

饱经风霜的先知
对着星云想象一部手机

蛛网或藤蔓长成网络
各种烟缕爬上了天空

思绪拂动着　内心的希望
每一个设想啃着时间的脂肪

盘旋着的脑回沟里
糅合释放的太阳

云层中的月亮
与星星的联系找到往来的昆虫

所有渴望不再闭息的一切
更多肺叶呼吸到了峰峦的空气

而手指和最后触摸的键盘
空间成为一种格局的全新组合

蓝色的镀金的梦幻色的一代又一代人
像在先知扛起的山上

没有比手机更奇迹了
一点便打开世界

每一分钟的每秒
都有一群人在到达新的顶点

急速回旋的云
穿透了天平上的苍穹和光芒

手机之谜

手机是一个阱

阅读是一个阱

一次例外　一段逸事　一粒沙子掉落进去

情感化发芽　密集地堆叠一起

纷繁芜杂　布上云的尘埃

那些不可能澄清原因的事情

那些纸喇叭装饰着缨子发出的鸣响

或者习以为常又无法定义的咳嗽或喷嚏

气味播撒

触动神经

感到辨别是一种技巧　一门职业哲学

各种混沌状态　搅动状态　缠绕状态

棘针在穿过锐利的瓦砾

眼睛遍及

寻问的睫毛

而唯独缺少的东西　失去永恒的深邃目光

使许多附加了的想象　从忽闪之唇

掉落下一片舌头一个喉咙一种星沫

陷入

手机一个阱

阅读一个阱

每时每刻的抖音

不可否认

最娱乐的抖音在爆出色彩　进入一片云

使缤纷趣味　瞬间的光影

越过一切梦幻　撩动

额前的一绺黑色头发

这突然从嘴里长出的肢体动作

自身的萌　足可使人成为喜剧演员

衍化而生的轻巧和灵性

超出几十座体育场的流量

这使全部仪式

或诙谐

百万愉悦的嗓音　灿然一新

并一再以为屏面与季节之外的松弛

几乎跟社会另一面的复杂和严肃

同等重要

一种适合独秀的方式延长昼夜

慢镜头的闪动　一枝一枝拨开窗外的树杈

而无穷逸事

仿佛每时每刻总有一段情节　在等着

短短的十秒感情

一点一点笑完

字节跳动

天空翻阅云朵　茫茫无际
这些页码里　找不到字节跳动的含义
但它存在　名声越来越大
一转身　竖起了
信息和人工智能的里程碑

就像碰到飓风或海的撞击　惊涛骇浪
一束光穿透美国东海岸的礁石
灵巧一跃　扦入
闪电的雷中

字节跳动　演变成一种信号
使一个企业一片区城融入国家的眼睛
懂得了很多

而很有意思的一次回旋
出奇动魄　搅动世界级诉讼的程序

着力点　可以肯定
有更幸运的美好

现在我写这首诗
字斟句酌　有种渴望叙述的力量
更活跃
更丰富
前额布满星星　屋内灯光明亮
词语在每日新闻的节奏中
加快跳动了一下

发型体验店

中年之后

默想或沉思　头顶发出一种强光

发型变得老旧和疲惫

一个或两个瞬间

走进体验店　脸充满幻想

大脑吸收对自己的嘲弄和迟疑

诗人发式　公务员发式　市民发式

保守主义折中主义情感主义

电脑的心理敏捷而自如

各种尝试

各种表情

荧屏达到神秘目的　模棱两可的微笑

嗅到一道道友好的目光

不安和矛盾的对抗

朝着大脑中某些有力和坚挺的式样倾斜

觉得发型也是一次冒险　更是勇气

这种体验

某种因素

更新的形象　一个被自己丢了的年轻样子

终于转了回来

神威太湖之光

波浪如同澎湃闪光的数值

太湖从景色的磁力和芳香中　转向

超级计算　速度

使如缎的电流

变成一种唤起的心情

静谧的日夜交替　渴望改变生存

芯片在大脑的回纹里

刷亮记忆的雪光

一秒钟 12.5 亿亿次的嘀嗒

环形的钟变了模样　跳动的浮点

如同敏捷短语　所有重要的事情

气候疑惑

海洋海浪起伏

航天航空的轨迹和觉醒

同一根草描述的旋风和

昆虫的呼吸连在一起

太多的吃惊　没有不安的麻木

躯体被静电淋湿

太湖的波光变成荧屏

感知在传输的深度中浮出影像

呈现的一切

事物闪耀　或者

生活和价值的变化

一瞬间

蓝色的微光穿过了世界的空间

鸿山的早晨

鸿山宁静

街道纵深的青铜底蕴

紧邻四周血脉呼啸的繁华都市

晨曦初降　又开始一切

阳光穿透树丛照射地面

淡粉色的花朵升起鸟鸣

变成一扇扇住宅楼房醒来的窗户玻璃

每个当地人的明朗身影

足够美丽的韵脚

通向情感源流

微风如同流动的清水

不可分的或不可数的生活期望

向着净化的眼睛汇结出晶体状的金色词汇

使视觉的路径在伫立的玉凤路上

翕动嘴唇　默诵出一句

万事如意

而慢慢身临其境的感觉

大数据

数据集合　密度变得纤细

像浓郁的发丝　在眼前或头顶

盘成网络　让震颤的空气

万花筒似的幻变

使所有生命的周期

迅疾地突变

未来已来　一切开始的挑战和感受

逼视敬畏的眼睛　价值的定义

联通弹指之间的格局

谜团一样的明天

大数据延伸手指上的想象

如同光点在电脑的框架里闪动

从打开的边界

到不可预测的静默

汗湿的脸压出了闪亮的水滴

坠落下

一粒粒惊醒的声音

数据的暴风雨盖住天空和城市

清空了预言和经验　带动着

一刻不停吹拂的风

去遇见未来

蛟龙号

深海世界　千奇百怪的生物
贝壳上密布绿色的茸毛
虾找不到眼睛
海胆像个扁平的吸盘　海参的刺尖
点亮
波动的粉紫色幽光

这远洋 7062 米的海底　狩猎者的手
像捕捉泥沙的透明小鱼
用潜入的光束
漂洗漆黑一片的潮汐

压力和遥控　重中之重的图像
国旗插在珊瑚礁上　深海空间站
在寂静中浮动

红色小艇变成红色标记

洋面响起一片波涛崩塌的声音

从湖滨启航的国器

横跨海峡　在寒冷的沟底

忍耐和沉默融解洪流

无言的渴望

只有一个最好词语

那是栖居的根脉

西哈努克经济特区

当工业或经济特区

跟拍岸的浪花　弯曲的海滨相遇

柬埔寨的山仰起脸庞

泥径变成宽阔的洪森大道

一群羞怯的微笑

穿过田野

丝绸之路便在有墙的沙地上

提供了奇迹

蓝色的屋顶　覆盖那里的杂草

坡上的灯　从窗子的每一块玻璃中

透出工作的纯净和亮度

寂静中的人影

躯体和骨骼有了光的形状

夜色流淌　花花绿绿的工业广告

画面轻得可以飞翔

如同槟榔花

翅膀使西哈努克城市的时光

掠过荒凉

一种自然的剧变

中国灯笼和那里的空气

形成了礼貌的话语

在这里

我们在这里
在一条路的尽头种上棕榈
聆听波涛穿过海洋的声音

我们在这里
在一条路的沙漠上摆放桌子
面包蘸着蜂蜜
打开葡萄籽的记忆

海风搅动一杯龙舌兰酒
彩色鸡尾使椰林的光线变得更蓝

梳开风沙　通往目的地的班列
比历史还长　蜿蜒的山脉和河流
丝绸换了一种新的叙述

我们以握手的方式　合二为一

像清晨的祝福　朋友
从扁平的街道对面过来

一缕内在的光　变成
沙麓和波涛松弛的每一块肌肉
大地远处
仅是脚尖触及的距离

通风更好的秋天时光一片响声
黄灿灿的树叶　背衬
一片蓝天

临近空间

高空的飞行器临近空间
如同蝙蝠　或像蜂群和蚁群
在手臂那么短的跑道上
加速　子弹一样
射向太空

穿透稀薄空气和雷达系统
不留一丝痕迹

而从极寒的高度俯视
地面上树枝投下的光斑
如同清晰的银币

音速在风里疾驰
掠过一束一束的星光
隐形眼睛　经过我们的身体和思想
使这个世界

只有一个内心祈祷的气候

——风和日丽

云比云更远

朝阳扩展在鳞次栉比的建筑物上

随意一瞥　精神上的滋养

拥有了整个鸿山小镇

爱情小镇

当举案齐眉的梁鸿和孟光

出现　我在这人类的爱情小镇

恩爱祠　和睦庄园　婚庆基地

铺出林间空地

吸一吸绿树枝下空气　小憩片刻

见到上了年纪的老人　身材挺拔苗条

都是雅致和漂亮了一辈子的男人女人

高高的树冠保持罕见平静

小径流连忘返

跨过一个布置出来的心形之门

双手拉出双臂

移动的天空没有一丝阴影

话前话后的悄声细语

氛围春浓

躯体长出绚烂衣服里的新肉

花白胡须与精致白牙再生一次恋爱

凝视的杯盘上

数十粒谷子

一盅白干

使我嘴里含起真正的生活意味

纯度的韵味

从树的枝条或这个小镇

漫向了所有明媚的地方和房间

现在一切变化

现在一切变化

超越记忆　经过的事物日新月异

同潮流　年代　目光一起　建设现实远景

日子天天从头开始

从人群中开辟一条路来

头发蓬松出向前冲刺的仰角

替代敏捷或疲倦的步幅

没有时间回看的生活　街道感觉

沥青　网络交通　阵阵闪光　向速度致意

空间广告牌　电子屏幕　鲜明灯饰

色彩纷呈　做出各种顺势姿态

流行的一千多个词汇

陈旧得比闪电还快

影子破微风飘走

人性增加一种磨薄的表情

身躯和心一点一点成为透镜的焦点

所有相遇的伙伴　脸颊　名字　呼吸

只留下尖锐的背影　匆忙的脊骨

只觉得认识的人　陌生的人

都在尽日辛劳

砰砰响的时间　耳朵里回旋的嗡鸣

扩大了不眠之夜的眼圈

使置身其中的环境

更好景象　都在得到

遗忘的灿烂

试用想字表达一年的开始

这一天

指甲亮泽　衣服纽扣玲珑

精致的骨骼有种表达的触感

窗子彤红

小径和道路延伸

几句诚恳的话和专心凝视的眼睛

跟着一只鸟望向天空

云梯上每个空格

重新填满淡然或警觉的控制

情境里　蜀葵　唐菖蒲和金盏花呼之欲出

身边的蓟草抬头挺胸　枇杷叶光洁

不变的细节　渴望的力量与开阔

在迈步之前的片刻

风为自己熟练的才干加油

继续做不止一件正确的事情

使冬去春至的感觉　重要的整个过程

多一场润物的绵绵细雨

少滑下秋天一片树叶

在期待的效果里

把每一束完美的光变成生活轨迹

并随标上日期的希望和许诺进入前景

一点点

经过试想的空间

开始的路程

我想联系你

我想联系你

联系你隐隐的两只眼睛

联系你多年后瘦怯的街道　落日和月亮

联系你放在朋友大理石上的一束鲜花

联系你与梦为伴的一场经历或顺境

联系你疲惫和病疼

联系你眼睫边缘另一个兄弟　诠释他的生命

自然活法及惊人的存在

还有空间　回想　凝望

更多天空　大地或半斤酱香型白酒

我联系你

是一朵茂盛的牵牛花一片很小的叶子

是一只平静的茶杯一根缺牙的羽毛

是一条直线上的大雪纷飞一阵绵绵细雨

是这边走向那边的刀刃或一座山

是鞋子紧了松了的鞋带

是一种趋近的逻辑

是一生不可逆转的心理

我想联系你一点不假

我的一切　都在默默替代你

眼睛　手和迈动的大腿

收藏珍品

黄昏拉长一条小径

脚步从岩石走到草丛

形单或影只　一切在切入整体

眼睛开始从人的后背安安静静凝视

聆听耳朵里轻微的重大变化

加深星期一的星期天局限

似乎经过的空间

每隔一秒多出一个匙状形体

每一分钟减少一次可能的相遇

头顶几缕稀疏的苍白秋日

飘出麻雀一样散飞的鸣声

使蓝色轻烟　变成小心翼翼捻动的光阴

空间前额

接近天际的眉睫

这样一步步　自己标上脚印里的日期

侧身从碰撞的人影间穿梭而过

在足够长的小径上

折起一叶光斑或一粒月色

放进隐秘的口袋

替代一种

收藏的珍品

候车大厅

候车大厅

所有人统统离去　所有人涌入

每个座椅里占据的手机

像在翻寻一片绿幽幽的玻璃

光线轻轻摇曳

脸如朵朵缩小空间的蘑菇

鼻子　下巴　推测　一双双眼睛里的心思

互不干涉　互不相干　互不瞥上一眼

全身心的沉寂　用一件紧身的外套

藏好胸腔里一颗跳动的心脏

列车呼啸过境　饱满的尖叫

震动着电子屏幕上的车次和数字

清洁车又像鲨鱼一样过来

四周抬起或躲闪的腿　飘浮起膝盖

七上八下

从坐姿里分离出来的面孔

有了一种来生再次相遇的可疑

而开始检票

跟在别人后面　或别人在自己后面

如同一缕缕

刮擦而过的光影

轨迹上　一列永无止境的火车

加深了一个人孤旅的沉默

献给自己

从一声洪亮得多的嗓音开始

我便在草草书写经历　崇高或谋生

用严肃的一个词留给自己

临时或一辈子　如同通过一遍审核的稿子

文理通了　其他地方多了些后悔

人生半忧半喜

好多朋友聚了散了　又多了影子兄弟

从没刻意忘记　也没深弓着身子

哪怕心有刺痛的人

也在颇丰经验的回应之内　所有

简单的天真　致以一种记忆的思考

人的含义　锃亮的精神

或许还真的在艳丽　庸俗　清醒之间

被笑脸环绕

被寂静所困

仔细想一想　看一看

聪明永远在聪明之外

兴趣盎然仿佛永远是充血或明亮的眼

而我只在以下场景里

相遇心灵的休憩

在过的每一小时　每一日

穿透宁静　自由　安适

契合一种可以拍一拍光环之人的肩膀

迢远的

临近的

结局的

五年　十年　三十年　五十年

分崩离析却又重新凝聚一起

静静地　像等待一场冬天的雪来临

飘落

飘落

飘落

留下一朵最后的雪花

晶莹得纯洁

伫立或并不是一种等待

我忽然觉得四面的楼

在前额上方巨大的标识下让我觉得

什么是科技企业　延续的

困惑或惊慌　几代人走过的谷底

我所从容的时代或机会已经消失殆尽

楼层之间闪现出的光芒或玻璃

布满金属丝的星点

如同碧蓝水晶

一轮新月

在升起的时候　柠檬色的暗蓝色身影

引起无限生气勃勃的敏感

觉得我致力于提升的思想

寻找的一片可以植入的晶片或光波

像在填平人类的皱纹和空白

使我诚恳的气息

沿着视线所及的远处　向前

迈进一步　在表层的楼梯上

或一面迎面而来的玻璃光中

看到自己

深邃的眼睛

未来的读者

若干年几十年几百年之后
若想了解二十一世纪二十年代文学中的工业
请找一本《蓝光》诗集
因为那是
我用芯的炼金术
说出的晶体语言